LETTRE

DE NICOLAS BOILEAU

A M. ÉTIENNE.

LETTRE

DE NICOLAS BOILEAU

A M. ÉTIENNE,

AUTEUR DES DEUX GENDRES,

EN LUI ENVOYANT SA SEPTIÈME ÉPITRE A RACINE,

SUR LE PROFIT A TIRER DES CRITIQUES.

Que peut contre le roc une vague animée?
Hercule a-t-il péri sous l'effort de Pygmée?
L'Olympe voit en paix fumer le mont Ethna.
Zoïle, contre Homère, en vain se déchaîna ;
Et la palme du Cid, malgré la même audace,
Croit et s'élève encore au sommet du Parnasse.

PIRON, *Métrom.*

PARIS,

LE NORMANT, IMPRIMEUR-LIBRAIRE.

1812.

LETTRE

DE NICOLAS BOILEAU

A M. ÉTIENNE.

Monsieur et cher Confrère,

Vous serez sans doute surpris de recevoir une lettre d'un homme de l'autre monde sur un sujet, qui semble occuper exclusivement celui où vous vivez. Cependant vous devez bien penser que nous sommes instruits ici de la mauvaise chicane qu'on vous a faite, de l'odieuse querelle que l'on vous a suscitée ; car vous n'ignorez pas que tel est le sort des feuilles périodiques qu'elles nous arrivent exactement à un jour près, et que les nombreux libelles dont on inonde le public, enfans morts-nés de pères sans vigueur, nous parviennent le jour même de leur apparition dans les contrées supérieures. Vous devez savoir aussi que pour habiter l'élysée, on ne perd pas ses goûts.

. . . . Quæ gratia currûm
Armorumque fuit vivis, quæ cura nitentes
Pascere equos, eadem sequitur tellure repostos.

. . . . .

Pars in gramineïs exercent membra palæstris,
Contendunt ludo, et fulvâ luctantur arenâ :
Pars pedibus plaudant choreas, et carmina dicunt.

Virg. Æn. lib. VI.

Tels, dans la douce paix des Champs élysiens,
On peint de ces beaux lieux les heureux citoyens,
Idolâtrant encor l'erreur qu'ils ont chérie,
Vaines ombres qu'amuse une ombre de la vie ;
Les uns d'amour encor suivant les douces lois,
D'autres au son du luth croyant mêler leurs voix ;
Ceux-ci faisant voler des chars imaginaires,
Et tous, comme ici-bas, heureux par des chimères.

Delille, Imag. ch. I.

Cela est encore de notre temps comme c'étoit du temps d'Enée ; je n'ai donc pas besoin de vous dire que l'on me voit toujours prendre un vif intérêt à la bonne poésie, et un malin plaisir aux tracasseries littéraires, dans lesquelles je fus assez versé jadis. Je ne suis pas le seul que ces sortes de choses amusent : tout ce qu'il y a de poëtes dans les divins bosquets partage le même goût ; et comme on n'est guère moins oisif ici que là haut, nous saisissons volontiers de pareilles occasions de nous récréer : aussi vous avouerons-nous, que nous avons ri de bon cœur de la résurrection du jésuite et de l'exhumation de *Conaxa*, tant que les choses sont demeurées dans les bornes d'une honnête plaisanterie. Mais depuis que l'on a voulu donner à cette affaire une tournure criminelle, vous ravir les lauriers qui vous sont si légitimement acquis, nous l'avons pris au sérieux, surtout Piron, dont j'aurois peine à vous peindre l'indignation. Il est vrai qu'il a ses raisons; car l'autre jour, quand on nous apporta une lettre * que l'on a débitée là haut pour être de sa façon, bien que personne n'y ait été trompé, nous nous sommes obstinés à la lui attribuer, ce qui l'a mis dans une furieuse colère. Vous eussiez ri de l'entendre protester que jamais rien de pareil n'étoit sorti de sa plume, et de nous voir, fermant les oreilles à ses cris, le déclarer auteur malgré lui-même.

Après avoir plaisanté quelque temps de la sorte, on se rendit enfin à l'évidence et on

---

* Lettre d'Alexis Piron à M. Etienne, académicien.
(*Note de l'Editeur.*)

(8)

revint à la vérité; mais ce ne fut pas assez
pour apaiser ce pauvre Piron. Il craignoit
que sur la terre on ne fût pas d'aussi bonne foi
que nous. Nous voulûmes lui faire quelques
représentations ; il nous coupa la parole
en disant : « Il faut absolument que je donne
» un démenti formel à l'audacieux coquin
» qui m'a joué ce mauvais tour. »

Il n'y avoit qu'un moyen, c'étoit d'écrire ;
car nous ne pouvons guère autrement nous
entretenir avec les vivans. Mais à qui adresser
la lettre ? Si c'est au *secrétaire* de Piron, il
l'aura à peine lue qu'il la déchirera ou la
renverra à la poste. Je proposai, monsieur,
de vous l'envoyer directement. « Bien, dit
» Molière, et ce sera toi qui l'écriras ; cette
» affaire est de ta compétence, sévère modé-
» rateur du Parnasse français : tu feras bien
» aussi d'y joindre quelques consolations
» pour notre malheureux confrère. Ce n'est
» pas qu'il en ait besoin ; car je m'imagine
» qu'il sait prendre son parti, et qu'il se rap-
» pelle que nous n'avons été guère moins
» persécutés que lui ; mais enfin cette marque
» d'intérêt, cette légère attention pourra lui
» être agréable. »

On vouloit, monsieur, que je vous écrivisse en vers ; si la lettre transpire, disoit-on, elle produira plus d'effet : j'en demeurai d'accord ; mais je ne me suis pas senti ce courage là. Car ici où je suis ombre, où mon encre est ombre, où mon papier est ombre, où ma plume est ombre, où tout est ombre, j'ai craint de faire des ombres de vers, ce qui n'eût pas manqué d'égayer les vivans. Toutefois j'ai trouvé le moyen de tout accommoder. En feuilletant mes ouvrages, j'ai trouvé une épitre que, dans une circonstance à peu près semblable à celle où vous êtes, j'adressai jadis à mon ami Racine ; j'ai remarqué qu'aux noms et à quelques vers près elle vous convenoit à tous égards.

Quand je dis *à tous égards*, ce n'est pas, comme vos détracteurs pourroient malignement l'interpréter, que je veuille vous comparer *à tous égards* à Racine. Vous avez une assez belle part de talens et de gloire pour qu'on se dispense d'y rien ajouter. Je suis juste et non point flatteur. Je sais que

L'encens noircit l'idole en brûlant pour sa gloire :

aussi en ai-je été et en suis-je encore avare. Mais mon épitre étant pleine de vérités générales, et de la peinture des lâches et honteuses cabales que la horde glapissante des *Zoïle* forma toujours contre les enfans chéris d'Apollon, j'ai cru pouvoir vous l'adresser sans flatterie et sans adulation. Quant aux éloges qui se rencontrent parmi ces tableaux, je ne veux point ravir à vos admirateurs le plaisir de trouver les légères inversions qu'il suffit d'y faire pour vous les rendre propres. Pour moi je me bornerai à joindre au texte, quelques nouveaux commentaires : la prose passe toujours.

On m'a objecté que cela n'auroit rien de neuf ; moi, je crois le contraire ; à vous parler franchement, je pense que l'on ne me lit plus guère ; si je figure encore dans les rayons de quelques bibliothèques, c'est par pure bienséance ; mais dans le fond de leurs cœurs tous vos beaux esprits du jour me mettent au rang des *corrects auteurs de quelques bons écrits,* que l'on n'ouvre jamais. D'ailleurs le chaud, le passionné, le bouillant d'Alembert, n'a-t-il pas *démontré* jusqu'à l'évidence, que j'étois un cœur froid, une ame insensible, un poëte géomètre enfin ; et Dieu sait s'il faut de la chaleur et du sentiment dans les pièces d'aujourd'hui ! Vous dirai-je toute ma pensée ? j'ai la vanité de croire que si j'étois lu davantage, que si l'on se soumettoit un peu plus aux règles que j'ai tracées, que si l'on vouloit mettre en vigueur le code de lois que j'ai donné, le goût seroit meilleur ; que si maints et maints jeunes auteurs, dont les œuvres semblent frappées d'une maladie épidémique, tant elles arrivent ici avec promptitude et abondance, vouloient, avant de prendre la plume, se donner la peine de parcourir seulement les vingt premiers vers de mon Art poétique, on ne verroit point ressusciter chaque jour chez vous, les Bonnecorse, les Pelletier, les Pinchène, les Perrin, les Bardin, les Coras, les Pradon et les Cotin.

Depuis que la guerre est déclarée, il ne paroît pas qu'aucun des combattans ait songé que j'avois jadis adressé quelques vers à Racine sur les cabales, les tracasseries littéraires et le profit à tirer des critiques ; du moins ils ne l'ont manifesté par aucune citation, aucun à propos : je suis donc fondé à croire, Monsieur, que mon Epitre aura tout le mérite et tout le piquant de la nouveauté.

J'aime à me persuader que vous pardon-
nerez à ma vanité d'auteur (maladie qui
ne nous quitte pas même en l'autre monde)
d'avoir saisi l'occasion de faire lire, grâce à
la circonstance ; des vers qui sans cela reste-
roient ensevelis dans la poussière et l'oubli.

Je disois donc à Racine, après l'injuste et
étonnante préférence, qu'à la honte du siècle
et des beaux esprits d'alors, on accorda à *la
Phèdre* de Pradon, sur son immortelle tragédie:

> Que tu sais bien, Racine, à l'aide d'un acteur,
> Emouvoir, étonner, ravir un spectateur !
> Jamais Iphigénie, en Aulide immolée,
> N'a coûté tant de pleurs à la Grèce assemblée,
> Que dans l'heureux spectacle à nos yeux étalé
> En a fait sous son nom verser la Champmêlé.

Puis j'ajoutois :

> Ne crois pas toutefois, par tes savans ouvrages,
> Entraînant tous les cœurs, gagner tous les suffrages.
> Sitôt que d'Apollon un génie inspiré
> Trouve loin du vulgaire un chemin ignoré,
> En cent lieux contre lui les cabales s'amassent ;
> Ses rivaux obscurcis autour de lui croassent ;
> Et son trop de lumière, importunant les yeux,
> *De ses propres amis lui fait des envieux.*

Monsieur ; il est une vieille maxime qui
dit que tout change dans le monde. Je serois
cependant tenté de croire que c'est une erreur.

Je veux bien que les noms, les hommes, et quelques accessoires comme cela varient; mais le cœur humain, ses passions, les fureurs de la haine, les transports de la jalousie et de la médiocrité, tout cela reste toujours de même; et, en effet, quelle différence y a-t-il entre la cabale que l'on forma contre Racine en 1677, et celle à laquelle vous êtes en butte en 1812? à peu près aucune. Je vois de part et d'autre mêmes causes, même marche, même aveuglement, même fureur. Il n'y a absolument que les noms et les hommes qui aient changé, et en pareil cas, vous savez que c'est bien la moindre chose. En 1677, c'étoit Pradon et sa sequelle qui croassoient contre Racine; en 1812, c'est une foule de pygmées littéraires qui, prudemment cachés sous le voile de l'anonyme, n'auront pas même l'avantage de voir passer leur nom à la postérité, pour lui servir de risée. En 1677, c'étoit un public ingrat que Racine, depuis plusieurs années, charmoit, étonnoit, ravissoit par ses merveilleuses tragédies, qui s'obtinoit à siffler un de ses chefs-d'œuvre, et à donner la préférence à un vil et indigne rival; en 1812, c'est tout Paris que, depuis vos premiers pas dans la carrière, vous n'avez cessé d'amuser, d'égayer, d'enchanter par une foule d'œuvres comiques, pleines de sel, de gaîte, d'enjouement, et dans lesquelles on remarquoit chaque jour de nouveaux progrès, qui vous enlève, avec une sorte de fureur, la meilleure part de votre réputation et le plus beau fleuron de votre couronne. Enfin, en 1677, Racine fut trahi par ses propres amis, et en 1812, vous l'êtes par M. Lebrun - Tossa. Ici, je m'arrête; M. Lebrun-Tossa mérite bien qu'on le considère quelque temps. D'ailleurs, si, comme il le paroît assez bien démontré, il a quelqu'analogie avec Janus, pour le connoître tout entier, il faut l'examiner sous divers points de vue.

J'ignore ce que l'on en pense là haut; mais nous à qui sont parvenues de plein droit les révélations de M. Lebrun, et par contrebande, les lettres de M. Tossa, insérées dans la brochure de M. Hoffman, nous avons vu dans les unes tout le contraire de ce qui est dans les autres. En nous en tenant même aux seules révélations, nous y avons remarqué un ton entortillé; des *oui* et des *non* que l'on

peut faire rapporter à tout ce que l'on veut,
et qui ne conviennent point du tout à cette
inaltérable loyauté que M. Lebrun a toujours
dans la bouche, mais que M. Tossa ne paroît
pas avoir dans le cœur. Je ne vous offrirai
point de ces rapprochemens, de ces étranges
disparates; qui doit mieux les connoître que
vous, Monsieur! Je me bornerai à vous
plaindre de vous être si imprudemment confié
à un homme que ni son cœur, ni son esprit
ne rendoient digne de votre amitié. Mais il
semble que ce soit une sorte de fatalité pour
les auteurs d'être trahis par leurs amis.

Et son trop de lumière, importunant les yeux,
De ses propres amis lui fait des envieux.
La mort seule ici-bas, en terminant sa vie,
Peut calmer sur son nom l'injustice et l'envie;
Faire au poids du bon sens peser tous ses écrits,
Et donner à ses vers leur légitime prix.

Cette vérité est sans doute affligeante;
cependant, on ne sauroit, Monsieur, la révo-
quer en doute; car, comme l'ont fort bien
observé les éditeurs de *Conaxa*, « on n'aime
» pas les auteurs heureux; on ne pardonne
» aux talens que lorsque les écrivains n'en
» retirent aucun avantage. C'est ce qui ex-
» plique, pour le dire en passant, la préfé-

» rence qu'on donne toujours aux morts ;
» ceux-ci ne peuvent tirer aucun parti de
» leurs ouvrages, ne sont point présens à
» leur gloire, ne se trouvent sur le chemin
» de personne. » Faut-il appuyer ce raison-
nement par des exemples?

Avant qu'un peu de terre, obtenu par prière,
Pour jamais sous la tombe eût enfermé Molière,
Mille de ses beaux traits, aujourd'hui si vantés,
Furent des sots esprits à nos yeux rebutés.
L'ignorance et l'erreur à ses naissantes pièces,
En habits de marquis, en robes de comtesses,
Venoient pour diffamer son chef-d'œuvre nouveau,
Et secouoient la tête à l'endroit le plus beau.
Le commandeur vouloit la scène plus exacte,
Le vicomte indigné sortoit au second acte :
L'un, défenseur zélé des bigots mis en jeu,
Pour prix de ses bons mots le condamnoit au feu ;
L'autre, fougueux marquis, lui déclarant la guerre,
Vouloit venger la cour immolée au parterre. *

---

* Ah, que Boileau auroit pu encore s'écrier ici avec raison que rien ne change dans le monde ; car combien de *Dalainville*, de *Dervière*, *d'anachorètes ensevelis au château de leurs femmes* qui, en alimentant, soutenant, grossissant la cabale du jour, ne font que se venger de celui qui a eu le talent et le courage de leur arracher le masque et de les marquer au front ! Mais il falloit que Boileau laissât quelque chose à deviner ; s'il eût voulu tout dire, il auroit écrit un volume.

(*Note de l'Editeur.*)

Mais, sitôt que d'un trait de ses fatales mains
La Parque l'eût rayé du nombre des humains,
On reconnut le prix de sa muse éclipsée.
L'aimable Comédie, avec lui terrassée,
En vain d'un coup si rude espéra revenir,
Et sur ses brodequins ne put plus se tenir.
Tel fut chez nous le sort du théâtre comique.

Ce que je rapporte là, je n'en ai été malheureusement que trop témoin. Cependant il ne faut pas désespérer absolument de jouir de sa gloire avant sa mort, et d'anticiper un peu sur la renommée qui nous attend après elle ; car si les cabales et la calomnie peuvent bien quelque temps élever des nuages, répandre des ombres qui obscurcissent l'éclat dont nous devrions briller, bientôt tout cela se dissipe, la vérité paroît, et l'on reprend son rang. Croyez, Monsieur, et j'ose vous le prédire, avec l'assurance de n'être point démenti par l'événement, croyez, dis-je, que cette fureur sans exemple, cet acharnement scandaleux, cet aveuglement funeste, dont vous êtes la victime, passeront avec le temps. Le règne des passions n'est jamais long.

---

* M. Etienne semble destiné à n'être l'objet que des passions les plus opposées et à la fois les plus extrêmes. On a vu *Cendrillon* tourner toutes les têtes.

Dans ce moment le public suit encore la première impulsion que de vils séditieux lui ont donnée ; mais bientôt le temps, la réflexion, la justice de votre cause lui donneront une impulsion contraire : et peut-être le moment n'est pas loin où chacun, après avoir examiné par lui-même la question, prendra des sentimens plus justes, et où vous serez l'objet d'autant d'admiration et d'estime que vous l'avez été d'envie et de haine *.

Cette jolie bagatelle a été portée aux nues ; on ne se lassoit pas de la voir, on l'applaudissoit avec transport : il en a fallu faire des copies, de tous les genres, de toutes les dimensions : c'étoit une admiration, un enthousiasme, une fureur sans exemple... Pauvre public ! il reçoit une impulsion contraire ; et le voilà qui renverse, abat, détruit, mutile et brise son idole. L'esprit de vertige s'empare de tous les sexes, de tous les âges, de toutes les classes.

> Il n'est valet d'auteur, ni copiste, à Paris,
> Qui, la balance en main, ne pèse les écrits.
>
> BOILEAU, *Sat. IX.*
> (*Note de l'Editeur.*)

* J'en suis fâché pour les ennemis de M. Etienne, mais la prédiction pourroit bien se réaliser. Lors de la résurrection de *Conaxa* et de sa rentrée dans le monde, beaucoup de personnes, qui avoient pris jusque là grand

Quant à nous; nous vous avons déjà rendu la justice qui vous est due. Toutefois ce n'a pas été sans un mûr examen et sans l'obser‑ vation de toutes les formalités que l'on peut remplir en pareil cas; car nous ne pouvions pas nous imaginer que l'on eût eu l'audace d'intenter une action criminelle, sans au‑ cune espèce d'apparence ou de fondement. Peut-être ne serez-vous pas fâché de savoir comment nous avons procédé.

Après avoir pris connoissance des pièces du procès, nous avons réduit la difficulté à deux seuls et uniques points. D'abord, en fait, nous avons posé la question de savoir : *Si en toute conscience, tout honneur, vous avez pu écrire et publier, par la voie des journaux, que vous n'aviez jamais vu la pièce que l'on annonçoit sous le titre bizarre d'*Onaxa ?

---

plaisir à voir *les Deux Gendres*, et à les applaudir, se sont imaginé qu'il y falloit bâiller et murmurer; mais ces airs ne sont plus de mode. On a remarqué à la dernière représentation que *les Deux Gendres* ont été souvent et vivement applaudis, aussi bien que *Brueïs et Palaprat* qui les suivoient.

(*Note de l'Editeur.*)

2.

Et sur ce premier chef il n'y a pas eu deux voix. Les seules preuves admises en votre faveur ont été tirées des révélations de M. Lebrun-Tossa; ainsi, on ne nous taxera pas de partialité. Nous avons dit : « M. Lebrun-
» Tossa, qui n'a pas, il est vrai, une très
» heureuse mémoire, se rappelle pourtant
» fort bien que les noms des principaux
» personnages n'étoient pas les mêmes dans
» son manuscrit que ceux de Conaxa; que
» ce manuscrit n'avoit d'autre titre que les
» *Gendres punis;* que le valet y faisoit des
» peintures assez graveleuses des mœurs des
» comédiens : or, on peut croire M. Lebrun-
» Tossa dans ces détails, parce qu'il n'est pas
» l'ami de M. Etienne, du moins quand il
» écrit des révélations; ensuite les circons-
» tances et les différences qu'il rapporte
» sont assez frappantes pour que, malgré son
» défaut de mémoire, il ne se trompe pas
» sur ces points-là; et elles prouvent que le
» manuscrit prêté, donné, vendu même,
» si l'on veut, par M. Lebrun-Tossa à M.
» Etienne, n'étoit pas pour le contenu, iden-
» tiquement le même que *Conaxa;* qu'il ne
» portoit en titre, ni ne renfermoit dans le

» cours de la pièce le nom de *Conaxa** : donc
» M. Étienne, qui ne connoissoit pas encore
» les rapports qui existoient entre son manus-
» crit et *Conaxa*, que l'on ne faisoit que
» d'annoncer vaguement, a pu, en toute
» conscience, tout honneur, écrire et pu-
» blier, par la voie des journaux, qu'il
» n'avoit jamais entendu parler, ni consulté,
» ni même vu la pièce intitulée du nom
» bizarre de *Conaxa* ou *Onaxa*, nom qui
» dans le fait a bien plutôt une physionomie
» persane qu'une physionomie française. »

Cet argument nous a semblé irréfragable,
et nous nous y sommes tous rendus. Quand
on cherche la vérité de bonne foi et avec
le désir de la trouver, il est rare qu'on ne
la rencontre pas. Je sais bien qu'on ne fera
jamais entendre ceux qui ne veulent pas
écouter, voir ceux qui ne veulent pas re-
garder, et enfin qu'un homme de mauvaise
foi a la faculté de dire en plein midi, et en
fixant le soleil, qu'il fait nuit; mais il est

* Plusieurs personnes, qui ont vu le manuscrit
de M. Lebrun-Tossa, nous ont assuré que le beau-
père se nommoit *Molineau*. (*Note de l'Editeur.*)

inutile de parler ou d'écrire pour ces gens-là; et d'ailleurs on n'en trouve ici de cette espèce que dans le Tartare.

Enfin, nous avons tiré de notre argument cette conséquence : « C'est donc à tort que » le public a accusé et accuse encore tous » les jours M. Etienne d'avoir mis de la » mauvaise foi dans cet aveu, d'avoir cher- » ché à dérober un honneur qui ne lui » appartenoit pas, de s'être paré des plumes » du paon. M. Etienne n'a pas dit qu'il » n'avoit reçu aucun secours, consulté » aucun manuscrit; il a dit seulement qu'il » n'avoit jamais vu la pièce, le manuscrit » trouvé à la bibliothèque impériale, et inti- » tulé *Conaxa*. » Oui; mais quand on veut perdre un homme, on lui fait dire tout ce que l'on veut, excepté ce qu'il a dit réellement.

Voilà, monsieur, comme nous avons examiné et décidé la première question, qui étoit la question de fait ; restoit la seconde, qui étoit la question de droit, ou plutôt la question de littérature.

On l'a subdivisée, et on a demandé d'abord : *Si étant constant que M. Etienne a eu des secours, il a dû en rendre le public confident,*

à peine de passer pour un plagiaire, un homme
sans honneur et sans bonne foi ?

Là-dessus, Molière a pris la parole et a
dit : « Messieurs, je décide cette question en
» faveur de M. Etienne ; car je ne pourrois
» le condamner sans me condamner moi-
» même ; et si on l'entend ainsi maintenant,
» je dois avoir là haut la réputation du
» plus terrible pirate qui ait jamais infesté la
» littérature ; car, pour vous faire ici ma
» confession, j'ai dessiné *l'Etourdi* d'après
» *l'Inavvertito;* pour le *Dépit Amoureux,*
» j'ai eu un ancien canevas connu sous le
» nom de *Sdegni Amorosi*, et *l'Interresse de*
» *Nicolo Secchi;* le *Cocu Imaginaire* m'a été
» suggéré par *Arlichino Cornuto per opinione.*
» *Don Garcie de Navarre* est imité d'une
» pièce espagnole de *Cicognini;* pour *l'Ecole*
» *des Maris*, j'ai eu les *Adelphes*, la *troi-*
» *sième Journée du Décaméron de Boccace*, et
» la comédie que le fameux *Lopez de Véga*
» fit de ce conte; *Horace* et une farce ita-
» lienne ayant pour titre *le Case Sualigiate;*
» m'ont donné l'idée mère des *Fâcheux.* Je
» dois encore une amende honorable à
» *Straparole*, *Boccace*, *d'Ouville*, et *Scarron,*

» pour ce que je leur ai dérobé pour mon
» *Ecole des Femmes*. J'ai emprunté la fable
» de la *Princesse d'Elide* à l'estimable auteur
» espagnol *d'Agostino Moreta*, dont la pièce
» a pour titre *el Desden con el Desden*, Dé-
» dain pour Dédain. Quelques comédies ita-
» liennes, et *Rabelais* furent mis à contribu-
» tion dans mon *Mariage forcé*. Le *Festin*
» *de Pierre* est tracé d'après le modèle qui
» servit à tous les auteurs du temps, *el com-*
» *bidado de Piedra* de *Triso de Molina*. Pour
» *l'Amour médecin*, pensez-vous que je n'aie
» jamais vu la comédie du même titre de
» *P. de Sainte-Marthe?* Quant au *Médecin*
» *malgré lui*, c'est un fabliau intitulé *le Vilain*
» *mire* (le *Villageois médecin*) que j'ai mis
» en scène. Le sujet de *Mélicerte* est tiré de
» l'histoire de *Timarète* et de *Sésostris*, dans
» le roman de *Cyrus*. J'ai fait *l'Avare* d'après
» Plaute. Le *Dottor Bacchetone de Bonvicin*
» *Gioanelli*, m'a moins servi, il est vrai, que
» les faux dévots à faire mon *Tartufe*, mais
» encore m'a-t-il été de quelqu'utilité. Si mes
» ennemis ne l'ont pas fait jouer lors des per-
» sécutions qu'ils me suscitèrent, c'est qu'ils
» ne le connoissoient pas, ou plutôt c'est

» que voulant faire retirer ma pièce du théâtre,
» ils ne pouvoient pas y mettre celle qui
» m'en avoit donné l'idée. Le seul nom d'*Am-*
» *phytrion* dit assez ce que je dois à *Plaute*
» et à *Rotrou*. Deux contes de la septième
» Journée de Boccace sont les sources où j'ai
» puisé *Georges Dandin*. Pour *les Fourberies*
» *de Scapin*, j'ai su tirer parti du *Phormio*
» *de Térence*, emprunter quelques traits à
» *Rotrou*, et quelques scènes à *Cirano* dans
» son *Pédant joué*. Ce n'est qu'avec *Corneille*,
» et d'après le roman de *La Fontaine*, que
» j'ai fait *Psyché*. Je n'ai pas besoin de vous
» dire que c'est à *Saint-Evremond* que je dois
» la dispute de *Trissotin* et de *Vadius*; mais
» ce que vous ne savez peut-être pas, c'est
» qu'il existe une pièce de *Calderone*, inti-
» tulée: *On ne badine point avec l'Amour*,
» qui ne m'a point été inconnue quand j'ai
» fait mes *Femmes savantes*. Quelques-uns
» de mes partisans ont voulu qu'elle ne
» m'ait été d'aucun secours, que je ne l'aie
» pas même vue, parce qu'ils pensoient
» qu'une pièce dont l'intrigue fait le prin-
» cipal mérite ne peut donner naissance à
» une pièce de caractère; et en cela, ils ne

» se trompoient pas tout-à-fait ; mais une
» pareille pièce sert comme *quelques parties*
» *de l'échafaudage d'un maçon peuvent servir*
» *à celui d'un habile architecte.* *

» Voilà, messieurs, un aperçu de mes lar-
» cins littéraires, et ne croyez pas que j'en
» aie jamais averti le public. Vous savez que
» lorsque j'imprimois mes pièces, c'étoit
» presque toujours sans notes, ni préface ;
» *je prenois mon bien partout où je le trou-*
» *vois*, sans en rien dire, et je ne m'en fai-
» sois point un cas de conscience. Que l'on
» ne vienne pas dire, messieurs, que je
» veuille ici justifier un vol par d'autres vols ;
» non, messieurs, j'établis par mon exemple,
» comme je le pourrois faire par celui de
» tous ceux d'entre vous, qui ont travaillé
» pour le théâtre, la preuve d'un usage
» constant en littérature.

» Les ennemis de M. Etienne s'écrieront
» que nous sommes hors de comparaison,

---

* Ceux qui voudront s'assurer de la vérité de ce
qui est avancé ici, peuvent consulter les Œuvres de
Molière, avec les Commentaires par M. Bret. éd.
Paris ; 1805. et Riccoboni.

(*Note de l'Editeur.*)

» parce que j'ai sur lui l'avantage de comp-
» ter au moins trente pièces, parmi lesquelles
» il y en a six ou huit *uniquement de ma*
» *composition ;* mais, messieurs, il faut faire.
» cette différence entre lui et moi, que ma
» carrière est parcourue, et qu'il commence
» la sienne. Et en effet, qu'avois-je fait à l'âge
» de ce *jeune homme,* pour employer ici à sa
» gloire l'expression prétendue ironique de
» ses adversaires ? Vous le savez tous,
» *l'Etourdi,* fut ma première pièce régu-
» lière. On la joua à Lyon en 1653 ; j'avois
» alors trente-trois ans. Jusque-là je n'avois
» fait que des farces pour la province, et
» tracé quelques canevas. Que si l'on s'étonne
» que les débuts d'un auteur comique soient
» si tardifs, je ferai remarquer que pour
» être bon comique il faut être bon phi-
» losophe, ce qui demande de longues
» observations. Je ne sais si le génie qui me
» travailloit poursuivra M. Etienne ; mais
» jusqu'à ce qu'il ait démenti les heureuses
» espérances que donne son brillant début,
» on peut l'admirer avec raison.

 » Maintenant, pour revenir à la ques-
» tion, je dis : De tout temps, les emprunts

» faits sur l'étranger ou sur les nationaux
» morts pour la littérature, ont été permis,
» ont été encouragés. Jamais on n'a été tenu
» d'en faire part au public, sous peine de
» passer pour *plagiaire* ; parce qu'il n'y a de
» *plagiaire* que les copistes serviles qui n'em-
» bellissent pas, et les maladroits qui gâtent.
» Pour ceux qui savent se rendre propres les
» idées d'autrui, leur donner une nouvelle
» forme, les innover en les embellissant, en
» un mot, changer le plomb en or, ils
» ont incontestablement droit au mérite de
» l'invention. »

Après avoir ainsi parlé, Molière a pris les voix, et Corneille, Racine, Voltaire, Piron, et Regnard *le Bon Larron* * vous ont tous donné la leur.

Enfin est venue la seconde et grande question littéraire : celle de savoir : *si en admettant que vous ayez eu entre les mains Conaxa lui même* (et par conséquent sans nous embar-

---

* Tout le monde connoît la querelle, qui s'éleva entre Dufresny et Regnard, au sujet du *Joueur ;* elle fit naître l'épigramme suivante :

Un jour Regnard et de Rivière,
En cherchant un sujet que l'on n'eût point traité,

rasser si votre manuscrit est l'original ou bien la copie changée et altérée de *Conaxa*, ce qui est indifférent à la question) *votre mérite est moindre que si vous n'eussiez rien eù du tout, et partant, si vous êtes pour cela moins digne du fauteuil académique ?*

Ici Molière a encore pris la parole, et il a demandé : « De quel genre est la comédie » des *Deux Gendres*, de M. Etienne? » On a répondu, et on ne pouvoit pas répondre autrement: « C'est une comédie de caractère.— « De quel genre est la comédie de *Conaxa*? » On a répondu: « C'est une comédie d'intrigue, » une comédie anecdotique, une historiette » dialoguée. » Alors il a repris en ces mots : « Vos deux réponses décident la question; » car d'après elles, il ne peut y avoir d'ana- » logie entre les *Deux Gendres* de M. Etienne,

---

Trouvèrent qu'un joueur seroit un caractère
    Qui plairoit par sa nouveauté.
Regnard le fit en vers et de Rivière en prose :
    Ainsi, pour dire au vrai la chose,
    Chacun vola son compagnon.
Mais quiconque aujourd'hui voit l'un et l'autre ouvrage,
    Dit que Regnard a l'avantage
    D'avoir été le bon larron.

            (*Note de l'Editeur.*)

» et *Conaxa*, que du côté du canevas et de l'in-
» trigue. Or, qu'est-ce que le canevas, l'intri-
» gue, dans une comédie à caractère? Mes-
» sieurs, ce n'est rien, ou du moins c'est la
» moindre chose. Dans une comédie de carac-
» tère, ce sont les caractères qui constituent
» la pièce, qui en font l'ame. Je voudrois
» bien que l'on critiquât mon *Avare*, parce
» que le dénouement en est défectueux; je ne
» me défendrois qu'en demandant : Le carac-
» tère de l'avare est-il peint ?— Oui.— Cessez
» donc vos critiques; demandez des intrigues,
» des combinaisons de scènes à *Beaumarchais*,
» à *Marivaux* ; pour moi je peins sur la pre-
» mière toile qui se présente, et ne m'amuse
» point à me former un tissu bien serré. Ce
» que je dis là n'est pas pour prétendre que
» l'on doive, dans une pièce de caractère,
» sacrifier le bon sens et la raison, quand il
» s'agit du plan; Dieu m'en garde; mais c'est
» pour faire sentir combien cela est de peu
» d'importance dans une pièce de ce genre,
» puisque celles où on ne le trouve pas ne
» laissent pas de passer pour des chefs-
» d'œuvre.

» Trouvez-moi dans *Conaxa* l'idée, l'es-

» quisse, l'ombre, le moindre trait du caractère
» de *Dalainville* et de celui du *philantrope*, et
» je dis alors qu'il a pu être de quelqu'utilité
» à M. Etienne. Jusque-là, je n'y vois, et
» vous n'y verrez comme moi, Messieurs,
» qu'une de ces matières brutes nécessaires,
» si vous le voulez, à l'artiste, mais qui ne
» sont que l'occasion des chefs-d'œuvre qui
» sortent de sa main.

» Mais on dit : Il y a dans *Conaxa* des
» intentions comiques, des situations que
» l'on retrouve dans la comédie de M. Etienne.
» Je le crois bien, puisque l'une et l'autre
» comédie a le même fait pour base. — Il y
» a donc plagiat. — Un moment ; je distingue
» et je dis : il y aura plagiat pour tout ce qui
» sera de l'invention de l'auteur de *Conaxa*,
» pour tout ce qui ne se trouvera pas dans
» l'histoire, et pour toutes les situations qui
» ne naîtront pas nécessairement des seuls
» faits. Or, Messieurs, vous avez déjà dit
» que *Conaxa* n'étoit que l'histoire dialoguée.
» De quoi ferons-nous donc honneur au
» Jésuite ? Ce ne peut être de la conduite de
» sa pièce ? il n'y en a point. De l'observa-

» tion des règles ? elles sont toutes violées* ;
» Des gendres, de leurs femmes, de l'ami ?
» tous ces personnages-là sont encore dans
» le conte, et par conséquent, ils sont la
» propriété de tout le monde, comme l'air
» que l'on respire et l'eau que l'on boit. Que
» restera-t-il donc au Jésuite ? *Gorinet*,
» *Brise-Tout, le Marchand allemand*, et son
» style. Voilà sa seule et unique propriété.
» Tout ce qu'on lui aura pris de cela pourra
» être justement regardé comme imitation,
» comme plagiat même, si l'on veut. Or,
» qu'est-ce que M. Etienne s'est approprié ?
» une scène de valet, considérablement chan-
» gée, et à laquelle le novateur a empreint
» le sceau de son talent et quinze vers insigni-
» fians, moitié imités, moitié transcrits litté-
» ralement. Or, qu'est-ce que l'idée d'une
» scène et quinze vers empruntés peuvent
» ôter au mérite, à la gloire d'un homme
» qui a fait deux mille vers dont un bon
» nombre semblables à ceux de nos grands
» maîtres sont déjà devenus proverbes ?

---

*Au commencement du deuxième acte, Phronime a
soin d'avertir le public de tout ce qui va se passer.

(Note de l'Editeur.)

» — N'importe; si M. Etienne n'eût pas
» vu *Conaxa* ou le manuscrit, il n'eût pas eu
» l'idée de sa pièce, il ne l'eût pas faite. —
» Ah! c'est aller trop loin. Quoi, vous pour-
» riez de sang froid reprocher à un statuaire
» qu'il n'auroit point fait ce chef-d'œuvre,
» qui attire tous les regards, s'il n'eût pas
» vu le superbe bloc de marbre qui lui a
» servi à l'exécuter. Je sais bien qu'ordinai-
» rement le statuaire conçoit d'abord l'idée
» de sa statue, puis il cherche le bloc; mais
» croyez-vous qu'il ne soit jamais arrivé que
» la vue d'un beau bloc ait excité le génie
» de l'artiste, et lui ait donné l'idée de faire
» une statue à laquelle il n'eut jamais songé
» sans cela? Il seroit ridicule de se refuser à
» cette supposition si naturelle. Eh bien!
» ferez-vous un crime à l'artiste que son
» génie n'ait pas conçu d'abord, et l'accu-
» serez-vous d'impuissance? Ce seroit ab-
» surde. Faites maintenant l'application, la
» similitude est parfaite. On aura beau dire:
» Le marbre en devenant statue, change de
» nature : je le veux bien encore. Mais
» *Conaxa* n'a-t-il pas changé de nature dans
» les mains de M. Etienne; et sa comédie

» n'est-elle pas bien plutôt encore l'*Ambitieux*
» et le *Philantrope* que *les Deux Gendres.*

» J'aime à croire que vous remarquez,
» Messieurs, que, d'après ma manière de rai-
» sonner, je ne fais aucun mérite à M. Etienne
» de la conduite de sa pièce, du plan, du
» canevas sur lequel il a brodé ses deux
» admirables caractères. Cependant , si je
» voulois opposer le plan de M. Etienne à
» celui du Jésuite, je pourrois y faire remar-
» quer autant de différence et de supériorité
» qu'il y en a, de l'aveu même de ses en-
» nemis , entre la versification grossière et
» rude du tudesque *Conaxa* et le *molle atque*
» *facetum* que l'on remarque, d'un bout à
» l'autre, dans l'élégant auteur des *Deux*
» *Gendres* *. Mais je mets cela de côté,
» parce que, comme je vous le disois tout-à-

---

* Nous avons déjà fait remarquer que dès le commencement du second acte , le spectateur savoit tout
ce qui alloit se passer. Parlerons-nous maintenant du
dénoûment ? Non, il n'y en a pas. Cela est si vrai
qu'un homme de lettres avoit l'intention de faire une
pièce intitulée : *le Quatrième Acte de Conaxa.* Ce
qu'il y auroit mis n'est pas difficile à trouver. Le père
sortoit ; les deux gendres, restés seuls et revenus de

» l'heure, dans une pièce de caractère, ceci
» est un si léger accessoire qu'il mérite fort
» peu d'attention. Or, M. Etienne a-t-il
» été aidé par quelqu'un dans la peinture
» des caractères de sa pièce? Non, évidem-
» ment non. Si le Jésuite eût parlé dans
» son temps *de soupe économique, d'amour*
» *philantropique, de chasseur,* eût-il été
» compris? C'étoient des mots qui n'étoient
» pas encore dans le vocabulaire de la langue
» française; et quels que fussent d'ailleurs les
» merveilleux talens des Jésuites; je n'ai

---

leur premier étourdissement, réfléchissoient sur ce qui
venoit de se passer. Alors, se méfiant de quelque mauvais tour de la part du vieux *Coïnche,* ils prenoient le
parti, pour éclaircir le fait, de forcer la serrure du
coffre-fort, ce qui est facile à croire de leur part, et
découvroient la ruse. Le père revenoit :

« Quoi, tu nous a donc pris pour de sots *écoliers,*
» Vieux Rocantin pourri? Vite que des greniers
» On reprenne la route. Ah! ah! tu voulois feindre
» Avec nous, gens d'honneur, etc.... »

Puis *Brise-Tout* prenoit sa revanche sur *Gorinet,*
et la pièce du Jésuite étoit toute prête à recommencer.
(*Note de l'Editeur.*)

3.

» jamais connu à aucun d'eux le don de la
» divination. Ainsi donc, Messieurs, l'auteur
» des *Deux Gendres* n'a eu et n'a pu avoir
» pour secours que son talent et les origi-
» naux de ceux dont il nous a donné une
» copie si fidelle et si frappante.

» En me résumant, je dis : *les Deux Gendres*
» sont une comédie de caractère ; *Conaxa*
» est une comédie d'intrigue, une anecdote
» dialoguée : or, une comédie d'intrigue,
» une anecdote dialoguée ne doit pas être
» regardée, rigoureusement parlant, comme
» pouvant être de quelque secours pour une
» comédie de caractère, parce que, dans
» une comédie de caractère, l'intrigue, le
» canevas, qui seuls constituent la comédie
» anecdotique, sont d'un mérite si secon-
» daire, qu'ils sont presque nuls, et que ce
» sont les caractères qui seuls constituent la
» pièce : l'intrigue est accessoire, comme la
» toile au tableau : donc, puisque *Conaxa*
» est une comédie anecdotique, qu'on n'y
» trouve aucun germe, aucun trait indica-
» teur des caractères des deux gendres de
» M. Etienne, la pièce du jésuitene lui a été
» d'aucun secours pour la partie impor-

» tante, difficile et glorieuse de son ouvrage :
» donc, pour avoir eu connoissance de
» *Conaxa*, ou plutôt d'un manuscrit qui lui
» ressemble, M. Etienne n'en est pas moins
» digne du fauteuil académique ; et je pense,
» Messieurs, que tel sera votre avis. »

A ces mots, Molière s'est assis, et de nombreux applaudissemens ont assez fait connoître qu'il n'étoit personne qui ne pensât comme lui. Tel est, Monsieur, le récit exact et le résultat du procès, par lequel nous vous avons fait passer. Si je me suis un peu étendu là-dessus, c'est qu'il est juste que les parties connoissent les motifs de l'arrêt qui les condamne ou qui les absout. Ceci nous a fait perdre de vue notre épître : j'y reviens. Après avoir peint à Racine les cabales, les trahisons, et lui avoir cité, pour exemple de l'envie qui s'attache aux auteurs, le malheureux Molière, je continuois en lui disant :

Toi donc qui, t'élevant sur la scène tragique,
Suis les pas de Sophocle, et, seul, de tant d'esprits,
De Corneille vieilli sais consoler Paris ;
Cesse de t'étonner si l'envie animée,
Attachant à ton nom sa rouille envenimée,
La calomnie en main, quelquefois te poursuit.
En cela comme en tout, le ciel, qui nous conduit,

Racine, fait briller sa profonde sagesse.
Le mérite en repos s'endort dans la paresse ;
Mais par les envieux un génie excité,
Au comble de son art est mille fois monté :
Plus on veut l'affoiblir, plus il croît et s'élance.
Au *Cid* persécuté *Cinna* doit sa naissance ;
Et peut-être ta plume aux censeurs de Pyrrhus
Doit les plus nobles traits dont tu peignis Burrhus.
　　Moi-même, dont la gloire ici moins répandue,
Des pâles envieux ne blesse point la vue,
Mais qu'une humeur trop libre, un esprit peu soumis,
De bonne heure a pourvu d'utiles ennemis,
Je dois plus à leur haine, il faut que je l'avoue,
Qu'au foible et vain talent dont la France me loue.
Leur venin, qui sur moi brûle de s'épancher,
Tous les jours en marchant m'empêche de broncher.
Je songe, à chaque trait que ma plume hasarde,
Que d'un œil dangereux leur troupe me regarde.
Je sais, sur leurs avis, corriger mes erreurs,
Et je mets à profit leurs malignes fureurs.
Sitôt que sur un vice ils pensent me confondre,
C'est en me guérissant que je sais leur répondre ;
Et plus en criminel ils pensent m'ériger,
Plus, croissant en vertu, je songe à me venger.
　　Imite mon exemple ; et lorsqu'une cabale,
Un flot de vains auteurs follement te ravale ;
Profite de leur haine et de leur mauvais sens,
Ris du bruit passager de leurs cris impuissans.
Que peut contre tes vers une ignorance vaine ?
Le Parnasse français, ennobli par ta veine,
Contre tous ces complots saura te maintenir,
Et soulever pour toi l'équitable avenir.
Et qui, voyant un jour la douleur vertueuse
De Phèdre, malgré soi perfide, incestueuse,

D'un si noble travail justement étonné ,
Ne bénira d'abord le siècle fortuné
Qui, rendu plus fameux par tes illustres veilles ,
Vit naître sous ta main ces pompeuses merveilles ?

C'est ainsi, Monsieur, que j'essayois jadis de relever le courage abattu de mon ami. Hélas ! mes efforts furent superflus. Racine, dégoûté par les persécutions, se retira du théâtre, et n'y reparut que treize ans plus tard, à la prière de madame de Maintenon. Ainsi, les odieuses cabales de quelques écrivains, aussi vils qu'impuissans, ont privé la France de tous les chefs-d'œuvre qui auroient infailliblement rempli la lacune qui se trouve entre *Phèdre*, jouée en 1677, et *Esther*, jouée en 1689 ! Puis-je espérer, Monsieur, que ces encouragemens seront au moins utiles une fois. Je sais que les chagrins amortissent le génie, s'ils ne l'éteignent pas ; mais c'est lorsqu'on manque de courage et de philosophie. Si, pour le moment, vos contemporains sont injustes, jettez-vous dans l'avenir ; voyez votre hom répété d'âge en âge, et travaillez encore à augmenter cette renommée, dont il semble qu'un poète ne puisse jouir qu'après sa mort.

D'ailleurs, Monsieur, croyez-vous qu'une nouvelle pièce ne soit pas la meilleure réponse à donner à vos détracteurs? Qui osera ne pas se rendre à un pareil argument? Racine a gardé le silence; mais Racine, à qui votre modestie ne souffriroit pas que j'osasse vous comparer, Racine étoit plus âgé que vous; Racine comptoit déjà dix chefs-d'œuvre; et parmi les ouvrages du haut genre, vous n'en comptez encore qu'un. Prenez, prenez donc la plume; votre réputation, votre jeunesse, vos talens, l'amour de la patrie, qui n'est pas celui du public, tout vous en fait un devoir. Je sais que le chagrin peut anéantir à jamais ce fonds de gaîté si fécond en traits piquans, en saillies heureuses, en tours originaux, en malignes épigrammes; mais opposez le mépris aux cris des clabaudeurs, c'est à peine ce qu'ils méritent, et choisissez l'Indignation pour Apollon.

Cependant, laisse ici gronder quelques censeurs
Qu'aigrissent de tes vers les charmantes douceurs.
Et qu'importe à nos vers que Perrin les admire;
Que l'auteur de *Jonas* s'empresse pour les lire;
Qu'ils charment de Senlis le poëte idiot,
Ou le sec traducteur du français d'Amyot:
Pourvu qu'avec éclat leurs rimes débitées,
Soient du peuple, des grands, des provinces goûtées;

Pourvu qu'ils puissent plaire au plus puissant des rois ;
Qu'à Chantilli Condé les souffre quelquefois ;
Qu'Enguien en soit touché ; que Colbert et Vivone,
Que la Rochefoucault, Marsillac et Pompone,
Et mille autres qu'ici je ne puis faire entrer,
A leurs traits délicats se laissent pénétrer ?
Et plût au ciel encor, pour couronner l'ouvrage,
Que Montausier voulût leur donner son suffrage !
C'est à de tels lecteurs que j'offre mes écrits.

Mais pour un tas grossier de frivoles esprits,
Admirateurs zélés de toute œuvre insipide,
Que, non loin de la place où Brioché préside,
Sans chercher dans les vers ni cadence, ni son,
Il s'en aille admirer le savoir de Pradon !

Vous voyez, Monsieur, que mon épître vous est applicable d'un bout à l'autre ; il n'y a que les noms à changer. Ceux des grands hommes seront faciles à remplacer dans un siècle de héros ; et il n'y a personne qui ne fasse tout d'abord l'application de ce vers :

Pourvu qu'ils puissent plaire au plus puissant des rois.

Il n'y a là rien à changer, à moins que l'on n'ajoute.

Quant à vos détracteurs, je crois qu'il ne vous sera pas difficile de trouver parmi eux des Perrin, des auteurs de nouveaux Jonas, des poëtes idiots de Senlis, des traducteurs du

français d'Amyot ou de quelqu'autre écrivain.
Malheureusement, je ne connois pas tous ces
Messieurs par leur nom : je vous éviterois la
peine de l'application. Il n'y que le nom d'un
certain *Bouvet* qui soit parvenu jusqu'à nous,
parce qu'il se trouve en tête de son libelle.
Je n'ai aucune connoissance de sa personne :
seulement, aux quatre épigraphes qui sur-
chargent son titre, aux nombreuses citations,
à la platitude du style, à l'horrible cynisme
des injures, à la rage avec laquelle il
déchire la mémoire des morts *, j'ai cru
reconnoître un de ces vils grimauds faits
pour porter le fouet et la férule, et qu'on
appelle vulgairement *cuistres*. Je ne sais si
je me trompe.

Comme il m'apostrophe dans une de ses
notes où il dit :

Tu dors, Boileau, tu dors, et de nombreux Perrault
Ramènent parmi nous des siècles d'ignorance,

je serois bien aise de lui prouver que je
m'éveille encore quelquefois. Si donc, Mon-

---

* M. Esménard est outragé sans mesure et sans
pudeur dans le libelle de A. J. B. Bouvet.
(Note de l'Éditeur.)

sleur, vous vous trouviez jamais en rapport
avec lui, faites-moi le plaisir de lui dire que
je m'écrie aussi :

« Heureux temps de la mythologie!....... *
» utiles et enchanteresses métamorphoses,
» pourquoi faut - il que votre règne soit
» passé!.... Quel plaisir de voir s'allonger les
» oreilles de nos nouveaux Midas! Quel
» bonheur de pouvoir purger la littérature
» des monstres qui l'infestent, en les chan-
» geant en chouettes, en hiboux, en cra-
» pauds, en dragons, en reptiles, suivant
» le mérite de chacun d'eux, et de les priver
» ainsi de la parole, faculté plus dangereuse

---

* M. Bouvet a dit, pag. 2 de son libelle : « Heureux
» temps de la mythologie ! fables de la métempsycose,
» pourquoi décemment ne pouvez plus être reçues
» aujourd'hui parmi nous ! Quel plaisir j'aurois d'évo-
» quer l'ombre du savant, très savant auteur de
» *Conaxa*, etc. »

Pourquoi M. Bouvet n'ajoute-t-il pas, *plus savant ?*
Cependant, si j'ai bonne mémoire, on voit dans le
rudiment, aux degrés de comparaison, *doctus, doctior,
doctissimus.* Il est fâcheux de renvoyer M. Bouvet
au rudiment; mais, en vérité, il ne devroit pas sortir
de là.   (*Note de l'Editeur.*)

» dans ses effets que le poison des vipères;
» quand un malhonnête homme en est doué.»

Mais, Monsieur, j'abuse de vos momens; ma lettre devient volumineuse. Caron me presse, le courrier va partir; je finis en vous assurant, au nom de tous mes confrères, notamment de Piron, de la main duquel vous trouverez une épigraphe sur cette lettre, des sentimens les plus sincères d'estime et d'attachement; et moi je suis votre très humble et obéissant serviteur,

N. Boileau, *janséniste*.

Des Champs-Elysées, 20 février 1812.

MES RÉVÉLATIONS.

'Après le bal, on peut jeter le masque.

Je sais que je ne ferai pas une *révélation* bien importante au public, en lui disant que je me suis caché sous le nom de *Boileau;* il s'en sera aperçu plus d'une fois au style. D'ailleurs, en supposant l'œuvre sans reproche, nous ne sommes plus au temps où l'on croyoit aux miracles, et nous aimons à penser que nos lecteurs, convaincus par mille bonnes raisons, ont renoncé à cet ancien *préjugé*, qui avoit fait dire quelque temps :

Les morts, après cent ans, sortent-ils du tombeau ? *

et sont maintenant intimement persuadés qu'il n'y a rien de commun entre les *vivans* et les *morts*.

---

* La profusion scandaleuse avec laquelle on a répandu dans les rues, les places, les promenades et les carrefours, des caricatures d'une grossièreté et d'un cynisme révoltans, nous fait croire qu'il est inutile d'indiquer l'application qu'on a faite de ce vers. On se bornera à remarquer qu'en voulant répandre le ridi-

Mais une *révélation* qui peut avoir un plus
haut dégré d'intérêt, qui peut servir à prouver au public que ce ne sont point des écrivains stipendiés, des suppôts salariés, mais des
hommes libres et indépendans, qui prennent
la plume pour la défense de M. Etienne, c'est
que moi, qui prends parti dans cette grande
querelle, je suis étranger à tous les partis.
Je n'ai ni l'honneur de connoître M. Etienne,
ni le malheur de connoître ses détracteurs.
Confiné au fond du faubourg Saint-Jacques,
où je me livre à l'étude du droit, je ne suis
nullement répandu dans le monde littéraire;
néanmoins, je conserve un véritable amour
des lettres. C'est cet amour, joint à celui de
la justice que l'on acquiert nécessairement

---

cule sur M. Etienne, ses détracteurs l'ont fait rejaillir
sur eux-mêmes. En effet, ils l'ont représenté fuyant à
l'aspect d'un *dindon* qui tient *Conaxa* dans sa patte.
Or, ce *dindon* ne peut pas faire allusion au Jésuite,
puisqu'ils regardent sa pièce comme un chef-d'œuvre :
il ne représente donc et ne peut nécessairement repré-
senter que les misérables grimauds qui se sont armés de
Conaxa comme d'un épouvantail. Puisqu'ils se sont
si bien rendu justice, dispensons-nous de toute autre
réflexion.

dans l'étude de *Justinien*, qui m'a fait prendre la plume. Tout mon sang s'est soulevé à la vue des injustes cabales, des odieux libelles dont M. Etienne est l'objet.

Je sais que des plumes plus habiles que la mienne l'ont déjà défendu ; que l'on peut m'objecter que je ne fais que répéter ce que d'autres ont dit avant moi; à cela, je réponds que puisqu'une partie du public, malgré ce qu'on a pu lui dire, s'obstine à répéter les mêmes faussetés et les mêmes calomnies, on ne peut trop lui mettre sous les yeux les mêmes vérités. D'ailleurs, pour des Français changer la forme, n'est-ce pas changer le fond ?

L. F., *étudiant en droit,
et cousin issu de germain du jeune*
MATHIEU, *élève au lycée de Reims* *.

Paris, 26 février 1812.

---

* Voir le Journal de l'Empire du mercredi 24 avril 1811.